歌集

光奔

荒木紀子

砂子屋書房

薬師寺長老　松久保秀胤 師

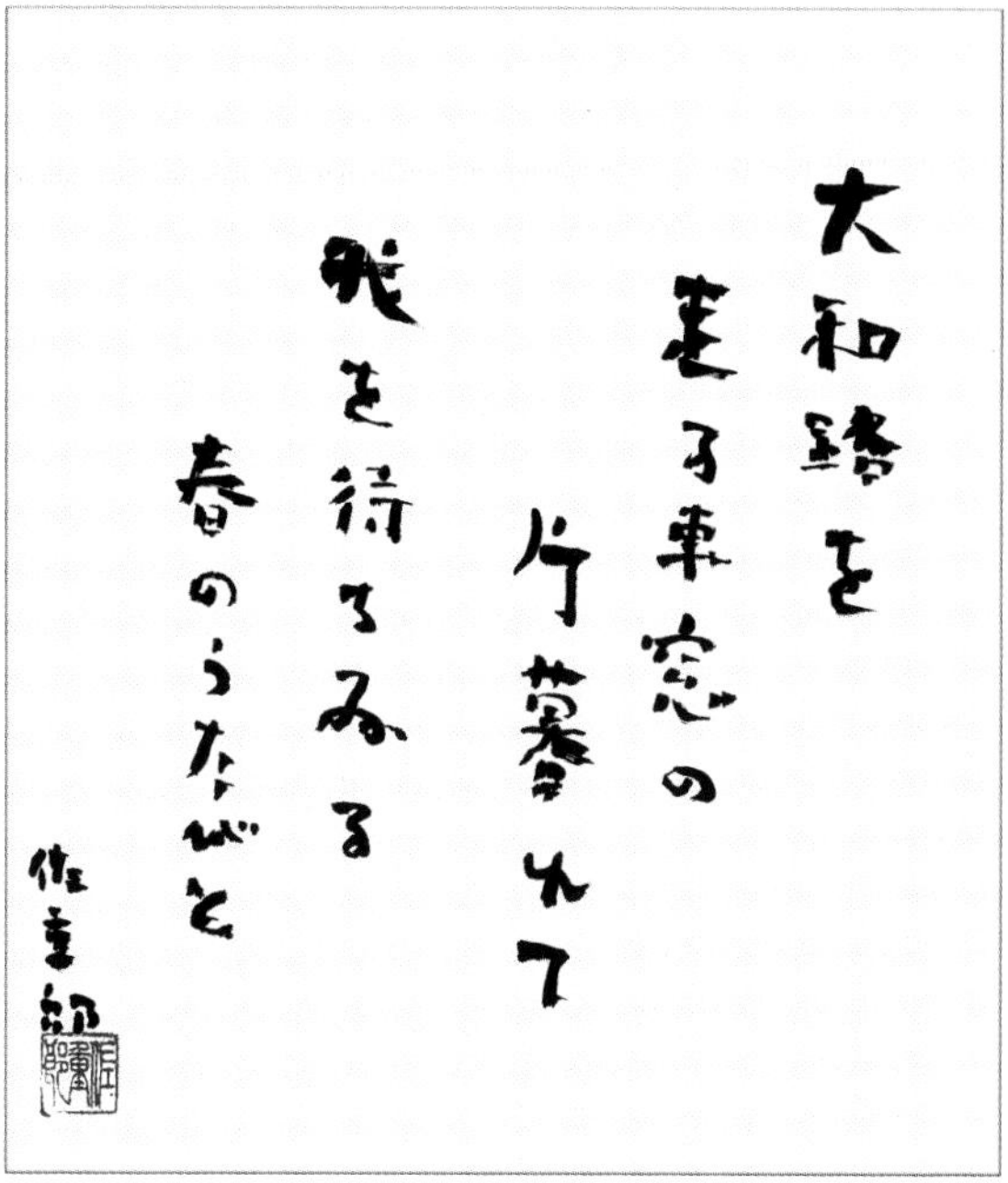

大和路を走る車窓の片暮れて
我を待ちゐる春のうたびと　　前川佐重郎

序

前川斎子

奈良歌会の荒木紀子さんがこのたび第二歌集を纏めるにあたり、薬師寺の長老松久保秀胤師に題字をお願いしたところ、立ちどころに字体の異なる数枚の揮毫を示して下さったそうである。どれにしたらよいか迷い相談を持ち掛けられた。何とも贅沢な悩みではないかと思いながら拝見した。薬師寺の佐美雄の歌碑「送り来るる小法師が照らす灯明かりに茎青かりき夜の曼殊沙華」建立の立役者、歌に詠まれた「小法師」は若き日の松久保秀胤師である。

荒木さんが最後に教鞭をとられた母校の郡山高校（旧制郡山中学校）は奇しくも秀胤師の出身校であり、荒木さんは教職を退かれたのちに薬師寺「浄信会」の奉仕活動に身を投じておられると聞く。薬師寺の代々の管主《かんす》と前川佐美雄との関りは深く、東塔の屋根に登った佐美雄十七歳の冒険譚は語り草になっている。復興の一大事業がほぼ完成して、東塔と西塔が並びたち、古の白鳳七堂伽藍の威容を取りもどした薬師寺一帯の西ノ京は、天武・持統天皇が夢見た仏国土の清澄な香を漂わせ、私にも特別な思い入れのある寺院である。佐美雄や秀胤師との浅からぬ縁を想いつつしんで序文をお引き受けした次第である。

過去よりの風吹きあげて八月の虚無焼きつくせ凌霄の朱《あけ》

滴りてみどり潤ほし稲まもる罔象女《みづは》鎮もる山を荒らすな

大護摩の炎の龍の駆けのぼれこの年の厄みなひつさげて

観音の里の風鈴初秋《あき》告げて夜更けを慈悲の音色響かす

柴灯護摩《さいとうごま》　修験者の九字《くじ》きりし瞬《とき》百舌鳥の一声空《くう》を切りたり

さくさくと吾の足跡まづ押印　御影堂《みえだう》へのみち薫香流る

熾んなる黄蜀葵《オクラ》のそらにつきあげて夏生きむかないよよ濃き緑《あを》

八朔《はっさく》柑を枝ごと折れば青き香に伐らるるものの痛みを放つ

かはたれの空白みゆくをせきせきとパセリを齧る青虫の顎

こうした荒木さんの歌にわたしは潑剌とした魂の躍動を感じる。折口信夫が『古代研究』「国文学の発生」で述べているが「うたふ」は「うつたう」と同根だそうである。歌の発祥が神仏への訴えであることを荒木さんの歌はすなおに思い起させてくれる。すべて生活の現場から発せられる魂の発露としての言葉が生動しているからだろう。生きることが、そのまま歌になっているような歌、仏教の言葉を借りれば「当為即妙」すなわち凡夫のままで仏のさとりにかない、現にあるがままですぐれた働きをするそんな印象を受ける歌である。

ダリの時計の形して鎮もれり六十二年目の被爆の時計
万華鏡の虚構のかたち美しも現《うつつ》の星は千々に砕けて
家ぬちに形状記憶の夫ゐて沈丁花咲けばその花かげに
鬼籍なれど夫はやさしき鬼ならむ言はずに逝きしこと伝へ来よ
照る坊主と見えしは夜べの白むくげやうやく秋の風うごく窓
両掌合はせ祈る姿に吹く笙の魂鎮めの音天《ねそら》より降り来
枯枝と摑めば末枯れかまきりの手合はせ拝めり吾の掌のなかに
稲株に動かぬ冬の蝗なる面壁九年の達磨大師や

さりげない日常の機微を詠んだ「すがらむと手を伸べ揺るる豌豆の蔓のけなげを蹴散らす疾風」などの歌に交じって、目に留まった自由奔放な発想の歌からも、底ごもる深い祈りの声が聞こえてくる。「ダリの時計」に被爆の無慙な意匠をまとわせたり、「万華鏡」の華麗な銀河の崩れる刹那を夫との永訣に重ね合わせて、かりそめの現世《うつしよ》を感得する。死者のすがたをやすやすと「形状記憶」のごとく蘇らせたり、枯死した蟷螂や蝗など小さな生き物に即身成仏を観想する人である。生きることと祈ることと詠うことが一体になっているひとの姿を、わたくしはこころから羨もしく尊く思う。

斐伊川の桜穏しく八岐大蛇《をろち》とふ暴れ川なるいにしへ憶ふ
奥出雲へわけ入りわけ入る木次線八岐大蛇《をろち》棲みゐし鳥髪は遠し
素戔嗚《すさのを》をおもひしひとの鳥髪《とりかみ》山に彼岸の春陽おだやかに射す
葛城を一山つつむ夕斜光　神天降《あも》るなり古代もいまも
マウナケアのオニツカセンターかなしかり移民三世の夢は実りしを

飛機よりはミッドウエー環礁美しも激戦の記憶忘れてはならじ
火焔銃に戦死せし父の海蝕洞穴は今ヨットハーバー
南風《はえ》吹かば琉歌聞かせよ穏し日をただに求める島人《しまんちゅ》の声
憧れし螢あくがれふわァふわり青山《あをやま》高原の渓の真闇ふかし

地名を詠み込んだ歌の多くが唯の旅行詠に陥らず羇旅の歌として成立するのも、歌の発生には、土地の精霊を慰撫する働きがあるとされているからかも知れない。何かに突き動かされ、おぎろなきものの存在につながろうとする希求が籠っている。歌の始原に立ち帰ろうという著者の切ない念いが、無意識の深層の阿頼耶識に働きかけていると言ってもいい。まさに唯識学の聖地薬師寺の機縁と憶えるありがたさである。

昔なら大刀自ならむ喜寿祝ぎて娘《こ》らにいただくストール朱色《あけ》
大の字の交点にまづ点火され光の奔る五山送り火

所収の四五六首を読み終えて、ふと浮かんできた二首である。集の中ほどでさらりと口を銜いて出てきたいささか古風な「大刀自」は著者の矜恃にちがいなく、まこと荒木さんに相応しく微笑ましい呼称である。

そしてもちろんタイトルになった「五山送り火」の一首なくして歌集『光奔』は生まれなかっただろう。送り火の一部始終をただ観察しただけではない、観想のひらめきが産みだした詞の、簡浄にして美しい一首である。

ことに「光奔」という妖しくきらびやかな集題がこの一首から誕生した機縁をわたしはこころから頌えたいとおもう。

＊目次

Ⅲ　平成二五年（二〇一三）〜平成二七年（二〇一五）

Ⅳ　平成二八年（二〇一六）～平成三〇年（二〇一八）

Ⅴ　平成三一年・令和元年（二〇一九）～令和三年（二〇二一）

装本・倉本　修

歌集　光　奔

I

平成一九年（二〇〇七）～平成二一年（二〇〇九）

早春のさざなみ

雲南市の「炎《ほむら》」歌祭の入賞にプロペラ機は低空を揺れて

職辞《ひ》きて親らの介護みな果たし戦ひやみてわれ病みにたり

斐伊川の桜穏しく八岐大蛇《をろち》とふ暴れ川なるいにしへ憶ふ

宍道湖の早春《はる》のさざなみ嫁ヶ島の松のみどりを車窓に見つつ

奥出雲へわけ入りわけ入る木次線八岐大蛇《をろち》棲みゐし鳥髪は遠し

素盞嗚《すさのを》をおもひしひとの鳥髪山《とりかみ》に彼岸の春陽おだやかに射す

国曳きの出雲風土記は韓国《からくに》の人びと住みゐし交流を語る

熾んなる火

この家に弥栄《いやさか》あれの祝詞聞く病々介護にするバリアフリー改築

夫は抗癌治療中わたしも病めば怪盗老後《ラウゴ》に押し入られたり

二人とも病気に負ける気もしなく十年先を話してをりぬ

子も孫も思ひの外に放り出し夫婦の時間を充たすワインは

えいやつと一刀両断してみたい躊躇《ためら》ふ私に雨霏々と降る

巨楠《おおくす》の葉裏白きをひるがへし五月の風の箸墓《はしはか》古墳わたる

なにごともなかつたやうに蝕の月耀《て》る迷ひのときをはや過去として

塞翁が馬駆けて来よ飼ひ慣らすわが煩ひを蹴とばして欲し

庭に焚く正月の七五《し》三《め》縄祝ひ箸の熾んなる火を夫と虔《つつ》しむ

もう一度かぎろひの丘に夜を凍てて待ちたきものを脚病みにけり

年末はジャンボくじ購ふあたるはずなけれどそぞろ神に憑かれて

風邪ぎみを葛湯つくればとろとろと大和の色に夜の深みゆく

「偽」といふ今年の文字の踊りたり西洋梨の歪こそ正し

「おはよう」の常の会話にまざまざと舅《ちち》の声聞く夫老いづけり

れば・たら

娘《こ》の髪に白きをちらほら見つけたりもはや福とはいへぬ数なる

お墓には私はゐないといふ現在《いま》を墓地売る電話けふもかけくる

ダリの時計の形して鎮もれり六十二年目の被爆の時計

南蛮語の「カード」より歌留多と聞けばくすりとをかし医者のカルテは

明け方の夢悲しくて醒めたるに思ひ出せずに肩冷えてゐる

激動の二十世紀を生き来しにたしかな記憶は家族のことのみ

葛城を一山つつむ夕斜光　神天降《あも》るなり古代もいまも

枝つきの大夏みかんを玄関に黄は吉といふ風水も恃み

葛まんぢゅう銘「紅ばら」がふるふると花びら揺らす初夏の茶室に

いくつものれいば・たらいい選ばず今を在るしづかなる雨ま夜に聞きをり

慈恵医大

はつ夏の東京ステイ三週間　再々入院の夫につき添ふ

多摩丘陵のみどり見放くる病室にオペ終へし夫の酸素泡立つ

冷えし吾を抱きよせ暖めくれし夫の病めば冷えたるその足さする

いまいちど吾を抱きしめよくちづけよ頬ちかづけて病衣直すに

慈恵大と共同研究中の免疫療法のその治験者をすると夫は

毎日の治験レポート重ねるも一すぢ縄に治癒はすすまぬ

高校の茶道講師の勤めあれば金曜三時の部活動に戻る

毎週の木帰土来をくり返す奈良と東京遠けれど四時間

出張や旅人あふるる新幹線　病床の夫へ通へり寂然とひとり

余 命 宣 告

余命宣告を夫にはなされずわれひとり聞きし瞬間血圧二〇〇

見聞くことなべて頭を素通りす倒れて吾は救急室へ

慈恵大に余命宣告されたれば奈良への転院の依頼に戻る

夫置きて浜名湖わたる下り線「あと一〜二ヶ月」と耳に打ち寄す

われの持つ服飾品の虚しかり夫と出るハレの場もはやなし

免疫療法を研究してきし夫がその癌に斃さるるは仇うたるるか

主治医言ふ「自分はわかっておいでだ」とだから言はない医療者同士

在宅ホスピス

わたくしが先に逝かずで良かつたと余命宣告知らぬ夫看る

猫を飼ひ初《そ》めしも擬装　余命二ヶ月を気《け》取らせるまじ

にこにことウッドデッキをD・I・Y友人らも来て初秋の庭

思ふことあまたあらむをそぶりなくパソコン書きものひねもす穏し

もつとやさしく洗つてと夫の言ふベビースポンジさへも痛むか

皮ふまでもしんしん痛む夫かなし痛いと言はず平静よそほふ

夫の病衣を漂白しをれば蜘蛛の子もあはれ漂されし昼月はかな

水でなく好きな大吟醸酒《おさけ》に口湿しをれば息絶ゆ最後の酒宴

千々に砕けて

葬りの日に初めて夫の「はな」知りぬ家族は私人のきみしか知らず

万華鏡の虚構のかたち美しも現《うつ》つの星は千々に砕けて

祭壇の夫のほかにはひと気なしああ私は「独居老人」

後ろ楯うしなひし背ならそ寒しバックボーンは前に傾げる

線香を昼夜絶やさぬ中陰なれば六条御息所《みやすどころ》かわが黒セーターは

かはたれの寒さ背骨につきささる抜け出でしもの追ひかけゆけば

供花籠の百合咲き満てばさびしもよ滅びのときをざわつと攫ふ

逝きしひとの気配常して心安し冬の襖をあけ放ち棲む

婚記念日の四十三回目はひとりなりオリオン凍てて きりきり光る

スイス旅に買ひきし鈴響らし夫が呼ぶ　不意に聞こゆる逝きてし後も

埒もなき

ひとり居に慣れねばならぬと気負へどもパスカルの葦《あし》末枯れて脆し

吾を母にならしめたるは亡き夫と埒もなきことおもふ母の日

きぬさやの筋とれば匂ふ初夏のあを亡き夫も食せ翡翠煮にせむ

夫逝きしより洗車はじむ長年をせざりし男《を》仕事日ましに増ゆる

子供らにわが空虚さを覚らすまいと真夜に号泣せし日々過ぎぬ

愛車駆り迎へに来くるる夢に醒むにこにこ顔の病む前の顔で

麻痺、呆けの老いざまのなく逝きたるを良しとしおもふ夫の初盆

鬼籍なれど夫はやさしき鬼ならむ言はずに逝きしこと伝へ来よ

ハワイ島へ

相続の書類に疲れ一時休止　娘《こ》とハワイ旅夫と来るはずを

夫の残せしマイレージにてハワイ島へ死者も生者も癒されてゐる

十二音素だけのハワイ語優しくてロハ、オエ、マハと母韻の揺れる

ペレの住むキラウェアカルデラは超巨大　日ごろの煩ひ阿呆らしくなる

粘度低き熔岩とろとろ島拡げ影おぼろまで山裾延びる

マウナケアのオニツカセンターかなしかり移民一世の夢実りしを
（シャトルで事故死した日系二世鬼塚氏）

ファラライ（山）の高地を巡るコーヒーベルト移民の苦節コナコーヒーは

飛機よりはミッドウエー環礁美しも激戦の記憶忘れてはならじ

白南風わたる

笑むごとき八重くちなしの初花を父に夫にも供華す父の日

なが年を夫座りきしひな壇を遺影秘め持ち見上ぐ株主総会《そうくわい》

夫も逝きひとりになりしと告げ哭きぬ摩文仁の礎の顔知らぬ父に

戦犯の合祀の後は詣でざりしに節操曲げて出る受彰式

披講式の朗詠の宮司ら退出し靖国神社正殿《やすくにせいでん》に白南風わたる

II

平成二二年（二〇一〇）〜平成二四年（二〇一二）

形状記憶の

能《よ》く生きよ、楽しんでおいで、待ったげる　亡夫《つま》の声する左肩辺を

滴りてみどり潤ほし稲まもる罔象女《みづは》鎮もる山を荒らすな

殺虫剤《アース》噴き息絶ゆるまで見届けてのちぞっとするわが嗜虐性

五本指のくつ下すきつと履けなくてええじれつたい鳩山政権

年どしを親しき死者の増えてゆき夕あかね雲われにやさしき

必須アミノ酸の名前出てこず口惜しかり一つ浮かべば八個すらすら

わおん・あお〜幼が母を呼ぶやうな猫とわたしに冬の日暮れる

家ぬちに形状記憶の夫のゐて沈丁咲けばその花かげに

ぐにゅとしたよるべなきもの憑りつけば体内時計狂ひ出したり

身裡より蹴りあげをりしわが鬼も老いきしならむまあるくなりぬ

すとんと落ちる

アラキさんとＤｒの声聞きながら全身麻酔にすとんと落ちる

終《つ》ひの日もかくあつさりと旅立たな無《む》罣《け》礙《げ》故《こ》無《む》有《う》恐《く》怖《ふ》遠《をん》離《り》一《いっ》切《さい》顛《てん》倒《だう》

傷口の爆裂の痛みに身をよぢるオペ受けし夜は頭上の花火

簡単なオペと聞きゐしに二日連続全身麻酔で手術をされる

四昼夜も樹液のごとく滴りて傷もつ老樹を満たす点滴

夫逝かせ二年をぽとぽと生き継ぎて三度目のオペより生還したり

ひとの死のあれど病廊静かなりき何にも知らずわれ眠りゐき

退院し夫三回忌の準備するカナカナ鳴けりわれ生かされたり

今朝の秋くる

過去よりの風吹きあげて八月の虚無焼きつくせ蔆霄の朱《あけ》

「過ちはくり返しませんから」と六十五年核廃絶は今年も成らず

戦没慰霊祭は「平和の礎《いしじ》」のごとくあれ戦に散りしは兵のみならず

寝る前に製氷器のみづ補充する今日のわたしを溶かして凍れ

客間よりふとんをずるずるひきずつて婆ちやんと寝るとわが部屋にくる

退院後の我を気遣ひ泊りくるる男の孫中二にふりまはされて

「ただいま」と言ひつつ冷蔵庫に首入れる部活を終へて八時の帰宅

茶粥が好き　だけど今日は白粥とふつと思へり今朝の秋くる

金沢の「ごり」を肴に亡きひとへ一献　秋の夜の酒はしづかに

片づけ中紙でスパッと指切つたおもはぬ奴に足を掬はれ

右にでも左にもなる下駄おろす融通無碍の日本力《りよく》ウフッ

あ　あ

春を待つ記憶に永遠にとどめおかむ23《にいさん》・3・11《さいがい》東日本襲ふ

めまひかとゆつくり揺れてマグニチュード9三陸の震源関西も揺らす

オンタイムに家が車が流るTV特撮のやう心身震ふ

町ぐるみ壊滅のテロップつぎ次と全員玉砕の戦時をおもふ

プレートが身ぶるひしたりざつくりと深い断絶きのふと今日を

大つなみ古事記聖書の故事おもふ自然のわざに人は非力よ

馬の毛のダモクレスの剣落ちかけて原発54基列島に座すを

原発が安全だなんて信じこみ原発に依存してたなんて

茅野聖光寺夏の大祭

囲ひなき聖光寺《みてら》の寺域に夏のかぜ高原の香を献香とせる

大護摩の炎の龍の駆けのぼれこの年の厄みなひつさげて

震災の復興と交通事《じ》故《こ》撲滅を祈願しをれば秋あかね来る

なでしこジャパン優勝したる翌朝の茶席にさらりとなでしこの花

口あけて縄文ヴィーナス笑ひをりいのち育む女性《をみな》を誇り

黒ひかる「仮面の女神」の土偶なる宇宙人めく三角の顔

尖石の尾根に拡がる縄文の復元集落は森に溶けこむ

霧ヶ峯の黒耀石刃なつの陽を反して光る鹿肉《にく》を切りしか

（茅野縄文考古館）

古今伝授の里

古今伝授の歴史知らずに応募して入賞したれば郡上八幡《はちまん》に来ぬ

七十歳の指まだ強しタオル首に負けるもんかと荒草をひく

島津《しまづ》忠夫先生の講評うれし選者らと歴史のまちを案内さるるも

八幡の大和文庫に吾の歌集収蔵されたるを見出でてはづむ

伝授の里フィールド館に影映す篠脇城跡むかしのひかり

常縁《つねより》の東氏《とうし》館跡さわさわに秋草揺るる十首歌碑の辺

町なかをざわしゃわ流るる用水に大き鯉群るる手の届く場に

城下町のお店舗《みせ》いづれも活気あり水まんぢゆうをつるんと食べる

鏑木正雄先生

さくら紅葉かさかさ舞ふを葬《おく》りきて詩魂紡がれし慈顔顕ちくる

水無月の歌会に倒れ逝かれしも奈良歌会の夜　師のうた魂は

「後半をしませう」と階段上られるそんな気がするセミナーハウスの

多門町のひびき懐かし聖武陵、佐保川越えゆく師のお住まひは

師の逝けば知のたから蔵弊えたりひと失ふは落城のごとし

さくら花びら

年をんなのこの家《や》を嘉《よみ》せよ初日の出机上のペンのきらら輝く

虚弱児で針金ガネ子と言はれしもおかげさまにてふくふく古希越ゆ

一の孫に桜咲きたり京大へギザギザの中高時代よ飛んでゆけ

労りてきしがいつしかいたはらる二の孫この春高校生に

亡きひとのま夜に還りて走りしやボンネットに乗るさくら花びら

五年生でキャッチャーなればひとりっ子の孫もサインを一丁前に

昼は試合、夜はコンサートの野球少年ステーキ丼L《エル》をペロリ完食

応援の吾にも一礼「あざあっす」孫は「野球」に育てられてる

Ⅲ

平成二五年（二〇一三）〜平成二七年（二〇一五）

郡山高校茶道部

茶道大会《たいくわい》の亭主役終へわが生徒ら輝いてをり高二の秋を

高校生に茶道教へて教はれり若者ことばとめげないこころ

わが庭に使へる茶花なき日には道辺の野の花キョロキョロさがす

丹精をこめし茶花はすぐ末枯れ道辺の雑草なんぞ熾んに

ふろしきのほどけて茶道具毀したり「迂闊」増えきしをわれはめげをり

生徒らに和敬静寂教ふれど寂の境地にわれも遠くて

もの狂ひせしやに忙《せは》しき夏なりき高校生《せいと》のお茶会二つ終らす

つぼみ固き桜の下の野点席ほころぶ桜《はな》を買ひて活けおく

黄交趾の水指映ゆる御園棚《みそのだな》にあけぼの棗　蓋置は蝶

重ねこし練習を自信に生徒らの物怖ぢせぬをほめて嬉しむ

にこやかに半東するは一年生野点傘の緋の顔を耀《て》らせる

生徒らと同窓なれど孫の歳　教へるとふはわが学ぶこと

下校チャイムに急ぎ茶釜を乾かせり霜月尽は日みじか極む

さざなみを金色と朱にさつと染めつるべ落としにお堀昏れゆく

金平糖の角

放りやる煮干し貪る猫の背の無防備われの老化にも似る

黄落も紅葉も美しひらはらり今年のことはことしで終へる

十分に良き妻なりしや自問する自負持ちをれど寒夜に揺らぐ

厳寒を夫のしばしば夢に顕つ元気にしてるか見に来てるらし

二月堂の観音悔過の身に響き大卒五十年目の同期会イブ

五十二段降《くだ》り六道の辻に佇つ猿沢池に繊月映る

お水取りの音と炎に打たれきてホテル泊してあす同期会

帰省孫《こ》のひよろりのつぽが優しくて金平糖の角《つの》溶けてゆく

保育園に送迎せしはつい昨日　高二の孫は背を支へくるる

下宿の孫《こ》だしまき卵教へてとさては彼女に腕ふるふ気ね

蕗の薹、つくし、たらの芽萌え出づるはみなほろ苦し孫の青春

百舌鳥の一声

「抗癌《こうがん》治療やめホスピスにしたわ」さらり言ふ友と「風立ちぬ」みる八月

近ぢかに永訣のくる友訪ひぬ口溶け良き食品《もの》とお手玉も縫ひて

透きとほるやうに美しくなりたるよ会ふのは今日を最後にしとかう

観音の里の風鈴初秋《あき》告げて夜更けを慈悲の音色響かす

秋あかね赤まんま赤は郷愁お地蔵さまのよだれかけ　ふと

柴灯護摩《さいとうごま》　修験者の九字《くじ》きりし瞬《とき》百舌鳥の一声空《くう》を切りたり

水無月の薬師縁日の写経会《ゑ》にいただく梅は薬壺のくすり

作りをく梅ジャム梅干しありがたし薬師如来《おやくし》さまのくださるくすり

花会式のお壇供餅《だんぐもち》も薬喰《やくじき》に小《ち》さく切り分けしんどい時に

たとふれば

漬けおきし梅酒ほのかに色づけり沈思熟考ふゆ越さむかな

たとふれば役の行者の「陀羅尼助丸《だらにすけ》」万病に効くことばがほしい

庭いすにストール編めばのつこりと毛糸の籠に猫すわりこむ

介護者のつもりでゐるのかわが猫は私の入浴《ふろ》に喜々と従き入る

枯枝と摑めば末枯れかまきりの手合はせ拝めり吾の掌のなかに

初神籤　凶ひきたれば慎まむ六根清浄眼耳鼻舌身を

正月を子供家族と知多《ちた》半島の旅海は春いろ風は乳いろ

日間島のたこモニュメント長閑やかに伊勢湾の風ぬらりと受けて

稲株に動かぬ冬の蝗なる面壁九年の達磨大師や

大雪の四日目に溶け五日目の裏庭に笑むふきの薹みる

毎年を姪持ちくるる八尾牛蒡《やーごんぼ》丈長く伸びさみどりの早春《はる》

ひげ紬の

長持の底に眠りゐしひげ紬八十年《やそとせ》ぶりに日の目を当てる

父の羽織の袖付八つ留め固くして縫ひしや母の手わざ手堅し

ひげ紬なれども父の髭知らず「出征ばんざい」と送りしは四歳

夫の髭伸びしは見ざり病みてなほ朝のシェービングおこたらざりき

背の家紋ブランドならねば何とせむ羽織ほどけど思案にくるる

マンモ検査ぐいと摑まれ伸ばされて技師の手さばきピザ焼くごとし

物体《もの》としてひとの乳房扱へるふくよかな掌のうら若き技師

丁寧なもの言ひなれどマンモ技師わが乳房に尊厳ゆるさず

台風にＪＲ西の運休予告　英断よろしし迷つたら止《や》める

ペルシアより長旅のさま語られよ正倉院展の白瑠璃の瓶《へい》

正倉院平成の修理見学会　天平の瓦葺かれゐる

薬師寺東塔

心柱そろりそろりと遷座され天平の土の気《き》ときはなたるる

塔の木組みみなはづされし心柱に飛天の撒ける散華舞ひ散る

水煙の「天津をとめの降臨展」笛を吹き散華撒くを眼の前に

東塔の水煙鋳造の火入れ式　迸しる鋳鉄は赤き龍

式典に高岡市《たかおか》へ来て折りも良し越中万葉館《まんようかん》をひとりでめぐる

陸奥に金の出でしを祝ぐ長歌大佛造営すすむを希ひて
家持の金の産出祝ぐ歌の「海ゆかば水浸く」軍歌にされし
祝ぎ歌の軍歌にされしを家持は喜びたるや諾はざらむ

単線を機嫌よさげにドラエモン列車有磯《ありそ》の海沿ひ氷見線走る

この朝に秋の蜃気楼たちしとふ雨晴海岸に立山みえず

唐招提寺

開門を待ちて入りゆく唐招提寺の春の写経会《ゑ》一番の組

さくさくと吾の足跡まづ押印　御影堂《みえだう》へのみち薫香流る

国宝の鑑真像と襖絵を前に墨すり透きとほりゆく

写経会の灯明揺らぎ寂寂と四十人の座すと思へず

咲きそめし鑑真の瓊花《けいくわ》若葉いろおん目のしづくぬぐはむとして

この春は

誕生日に「関の孫六」贈らるる切りひらくとふカードを添へて

われになほ切りひらけとや贈られし関の孫六ひかりをかへす

獣の匂ひみつみつさせて猫眠るわれの暮しにふさはぬエロス

家猫の去勢したるが真夜さわぐ恋の春なれいたましくして

結局は抱かれて家に戻るなり夜桜見むと遁走せし猫

立ちあげしボランティアの町おこし古雛を募りひなまつりせむ

賑はひしは哀史ならむを遊郭は　現在は市の有形文化財《ぶんかざい》なり

学生らゼミ研修に多勢が木造三階の建築の贄を

遊郭の大階段に雛飾れば登る遊女の脛《はぎ》白き頸つ

母の帯伯母の着物を着て茶会けふは大役お護り下され

にじり口狭きを入れば異次元にけふのこころをまつ白にする

お茶室の格狭間《かうざま》透しを洩れ入《い》るるひかりの春の畳に踊る

この春はサ変活用のごとくして不規則のまま桜終れり

わさび菜の一茎つめば指先に香のたち双掌にさみどりにほふ

いよよ濃き緑《あを》

ウユニ湖はこんなかも知れぬ斑鳩三井《みい》の水張田をみる

梅雨昏き昼の参道灯ともれる夏越の人形《ひとがた》納めに来れば

三輪さんに夏越の人形《ひとがた》納めむと鳥居くぐれば浄化されゆく

大三輪に青水無月の極まれり横八文字に茅の輪をくぐる

遠距離の恋実らせてはつ夏の青蓮院門跡に打掛け映ゆる

良き人にめぐり合へよと言ひきしに嫁げば虚し二律背反

娘の嫁ぎ戸籍もひとりになりたるよまうすぐ猛暑ひまわりすつく

熾んなる黄蜀葵《オクラ》のそらにつきあげて夏生きむかないよよ濃き緑《あを》

血のやうにあかい満月のぼりくる七十年目の八月朔日

空襲に焼かれし街に爛れたる月のぼりしと亡き母言ひき

盆の膳母と姑より受けつぎてささげの粥と黒豆御強《しらむし》供ふ

「いもぼう」の美味ならねどもえび芋を炊きてたらへり八月の膳

八朔《はっさく》柑を枝ごと折れば青き香に伐らるるものの痛みを放つ

Ⅳ

平成二八年（二〇一六）～平成三〇年（二〇一八）

一陽来復

旅行中に干し柿ほどよく仕上がりぬ陽風《ひ》の恵みうまし大和は

三日かけつやつやふつくら煮上がりぬさいさき良けれ喜寿の黒豆

黒豆を炊きしさび釘納ひ置くまた来む年も炊けると信じ

柚子の種に作る化粧水滑らかに常世の木《こ》の実《み》を霊薬として

天気図の縦じま日に日にふくらみて春のことぶれこころ解ける

スーパーに菜の花参上高値《ね》なれど春の苦味を菜の花パスタに

すがらむと手を伸べ揺るる豌豆の蔓のけなげを蹴散らす疾風

根引き植ゑの宗旦木槿の初花の乳白色よ朝光《かげ》に溶け

冬至なれ「一陽来復」の軸かけて友の育てし小かぼちゃの膳

小正月に集ひし友らのエンジンに驚き転び出でしよ猫は

日暮るるも帰らぬ猫を呼び歩き真夜も戸を開け待ちゐしぢつと

家出猫のポスター配り探し歩き風邪ひきにたりまるで演歌よ

乾坤の水

秋海棠うつむき咲けり「断腸花」と別名呼べばなほさらに垂る

雲間よりスーパームーンの十六夜月　真夜には銀の魔鏡となれり

晩秋の芝生に裸足でラジオ体操　乾坤の水吸ひあげる足

糸かける最初《はじめ》の一飛び吾《わ》にも欲し柿の高枝に蜘蛛の巣光る

たかがハンドクリームなれど「ロクシタン」贅沢気分にかざす左手

着慣れゐし夫の兵児帯《へこおび》を服に縫ふ男の着物わが家より消ゆ

吉祥草小《ち》さき花穂のむらさきを凜と咲かせて冬に入りゆく

丹波篠山《ささやま》の黒枝豆茹でひとり飲むビールひりひり夫を恋ほしみ

カーテンの裾より寒気のすべり来て暁《あかとき》を醒めひと憶ひをり

凍て道を薊のロゼット鮮らけし棘やはらかくはや莟もつ

冬空を皇帝ダリア高咲けり背筋を正ししやんと歩まむ

小さき完了

昔なら大刀自ならむ喜寿祝ぎて娘《こ》らにいただくストール朱色

買ひをきし豆絞りの浴衣地をわれに縫ふたうたう夫には着せられなかつた

初採りのきうりの棘を痛みつつ双掌に囲ふ太くしすぎて

邪気祓ひと贈りくれたる「川中島桃」固くて美味し古武士のごとき

呪《まじな》ひの智仁武勇《ちちんぷいぷい》まだ効かぬ腎臓結石《じんせき》痛む　呪《のろ》はば呪へ

まう来るころ肉たつぷりのパイ焼けるセージ効かすを夫は好みき

秋彼岸におはぎ・黒豆御強《しらむし》・ささげ御強《むし》・姑《はは》と母との習慣《ならひ》をあわす

仕立券つきのシャツ生地もそのままに九年経てやつと開ける夫の箪笥

花会式をお火《ひ》渉《わた》りせり足裏より怨敵退散カンマンボーロン

買物袋《ふくろ》持たず二円支払ふ〈しまった感〉まはり道して桜《はな》みて帰る

今日もまた小《ち》さき完了重ねゆく春の夕暮れ暮れさうで暮れぬ

日本歌人賞

ひとりなれど鰯四匹買ひ作る〝鬼の目突き〟の「柊いわし」

鬼やらひされし鬼たち衣裳《ふく》着替へ打ち上げしをり街角バルに

流るともなき佐保川の冬ざれの桜樹《さくら》映して寡黙に昏らむ

紅と白の蕪をスライスその終ひに指まで削ぎぬ邪心はなきに

水無月を想ひ月にせむいただきし日本歌人賞ずつしり抱く

七十八の縁起よき齢に受賞せり夫と母との佛前に報《しら》す

なに着よう　入学式に着慣れしを迷はず選ぶスタートの服を

今ははや彼岸の先生、先輩の貌《かんばせ》うかぶ受賞の会に

受賞せしを亡き師の墓に詣でたり付き添ひくれし友と濡れつつ

厄年のもはや無くなり大三輪社《みわさん》の夏越の祓ひに侍みて暮らす

霜月に入るもゴーヤの実りつぐ大和くに原はや亜熱帯

縞しまの白いところを跳んでゆく横断歩道の秋の児童ら

内定の孫の社名はアルファベット三字何屋さんかと思はず聞きぬ

具だくさんに雪花菜《きらず》炊きをり歳晩を今年葬《おく》りし人ら思ひつつ

V

平成三一年・令和元年（二〇一九）～令和三年（二〇二一）

歌会始

大の字の交点にまづ点火され光の奔る五山送り火

宮内庁からの電話の問ひあはせに声かすれたりわなわな震ふ

歌会始の確定返信書を書き了へてああ本当なんだ脈搏あがる

高二の男孫「つれてつてネ」と電話くるるヘルパー役にと娘《こ》の配慮かも

内定と聞きたる夕を寒あやめ六輪咲きぬ　六人家族たりしよ

紫の屏風に金の松映える「松の間」静謐　両陛下迎ふ

披講さるるはわが短歌《うた》をはなれ雅やか天から降るとひた思ひ聴く

両陛下よりのおことば有り難し短歌《うた》つづけてきて元気でありて

令和への橋

大輪の百合を支ふる茎つよし泉州の地にしかと根付かれよ

令和への橋渡る0時を祝ひ「春鹿大吟醸」を亡き夫と酌む

ぽつねんと座り海見る「赤いくつの女の子」雨が降っても百年をひとり

移民船、引き揚げ船もつとめたる「氷川丸」生きよ昭和の証人

氷川丸を友と見放きて英国屋のビーフシチューを「前にも来たね」

半夏生咲く三渓園の池を巡り待春軒に「三渓そば」食ぶ

大観の描きし「弱法師」の背景とふ臥竜梅を梅林に探す

三渓の買ひたる塔は木津川市の「燈明寺」の廃寺になるを

みなづき

この年にさくら二つも咲きたるよ歌会始と靖国の預選歌人選

七十九歳にこんなご褒美享くるなんて　あと半年を頑張らなくちゃ

夫と母在さばいかほど喜ばむ両肩に乗せいざ靖国へ

春彼岸「アッツ島って何処《どこ》ら辺《へん》？」墓石読む児は明るく叫ぶ

アッツ桜思ひがけずも咲きたるよ「玉砕」とふをこの児ら知らず

帰るさに京都駅にて買ふ和菓子の「みなづき」うれし奈良にはなくて

「みなづき」の三つの角《かど》は貪瞋痴《とんじんち》やもと思《も》ひつつ突き、刺し、食べる

琉球ガラスの盃

パスポートで沖縄へ慰霊せし母の琉球ガラスの盃も旧りたり

冷酒には琉球ガラスの盃選ぶ摩文仁の海のその蒼色の

火焔銃に戦死せし父の海蝕洞穴は今ヨットハーバー

毎年を家族と詣できし「礎《いしじ》」今年はひとり搭乗したり

今年もと念じ詣でし摩文仁なれ限りもみゆる　傘寿を迎ふ

みんなみの島に高度の下がりゆけば幻想のごとし白き環礁

戦中は捨て石戦後は要石《キーストン》その沖縄に父征き果てし

南風《はえ》吹かば琉歌聞かせよ穏し日をただに求める島人《しまんちゆ》の声

沖縄は大変だねと大和人《やまとんちゅ》は万国津梁《しんりょう》の鐘むなしく韻く

毎年を鬼ヤンマになり復員す父百十二歳には遠すぎる旅

盂蘭《ぼん》盆なれば出にくけれども「全国戦没者追悼式《ついたうしき》」に健康寿命迫れば行かむ

戦没者追悼式《ついたうしき》に歩まれる雅子さま凛と粛然　安堵せし遺族ら

壇上へ皇后さまの鈍色のロングスーツに気概にほへる

黒あげは

「風鈴の音が涼し、は思いこみ」チコちやん言へど明珍風鈴《みやうちん》は良し

感情みせぬ大臣答弁さむ寒し事務官作成の原稿読める

「あざぁっす」大声出しゐし野球少年は夏で終りぬやっと大学入試《にふし》へ

贅をせむ　鰻一尾《び》を昼ご膳に作れど残る「土用丑」ひとり

三輪山まほろば短歌賞入賞の直会の食を薬喰とせむ

美麗なるカレンダーに無き二十四節気うすき和綴ぢの三輪暦繰る

夫逝きてしつかり戸締り十年過ぐ星見る窓はけふから開ける

かはたれの空白みゆくをせきせきとパセリを齧る青虫の顎

八朔の樹より黒あげは舞ひ出でぬわが家より生ふはなべてうれしき

ほのぼのとただほのぼのと夕陽浴ぶ友のひとことに癒されてひと日

照る坊主と見えしは夜べの白むくげやうやく秋の風うごく窓

フェルガナに買ひきし天馬のペンダント金色剝げて飛べざり　われも

瑣事なれど踏み出す足を違へたり五郎丸のルーティンも祈りか

コンビニにおでん買ひきて後ろめたしされど独り居ほどの良きエコ

越年写経

表札に車に夫は未だ在《ゐ》ます　われのひと世を伴走してね

ためらはずICOCAに一万円《いちまん》チャージする明日《あした》も元気で外出したい

その父の白寿の貌に似て逝きぬ喜寿の義弟《おとうと》の豊頬痩せて

をとこはみな父の貌して逝くものか夫も義弟もその父の膝に

おほかたは十二月八日を知らぬなり薬師縁日を写経しづかに

きつかけは何でもよくて戦争も恋もはじまる茶の花白し

踏み入れし八十路の朝《あした》冬うらら良き年ならむや石蕗まつ黄

薬師寺に越年写経を謹書して白鳳の梵鐘《かね》を撞かせていただく

ライトアップに東西二塔浮きあがり修理終へたる東塔清しき

家族らと撞く除夜の鐘にひびあれば重低音のほがらに響く

多勢が大晦夜を白鳳の鐘を撞きたり令和二年へ

野球部の卒団式とふ晴れ姿坊やがいきなり青年に見ゆ

高三の孫《こ》の六年ぶりに泊るとふ現在《いま》の好物知らぬを気付く

男の孫と行くニューイヤーコンサートいつの間にやらエスコートされて

いましばし家族の姿見守りたし末の男の孫《こ》も大学合格《がふかく》したり

きさらぎを黄心樹《をがたま》の花に出会ひたり今西家書院に清浄の白

断捨離のひとつオーブン処分せりタジン鍋に焼く小さきフォッカチャ

内視鏡検査

「八十年生きて初めては花丸」と医師のたまひて内視鏡検査

果てしなく飲むのかと思ひぬ緩下剤2リットルは悪し病室も微温《ぬる》し

眠剤を点滴されて検査終る何事されしや空白時空

余命《よみやう》とふ想へば見るものなべて美しキャラメル置いて蟻さそひ出す

検査結果を淡たんと承く我をみて付き添ひの娘ら「安堵」と笑ふ

「まな板の鯉」は短いはうがよい二週間後に手術日決まる

春色のセーターを着て入院すせめて心は浮きたたせなきや

コロナ禍の病室

看護師の検診カートの動き出し六時の病棟やうやくに朝

二十回重湯を嚙んで飲みくだす術後を腸閉塞《イレウス》　回復食の

腸オペと右腕《うで》骨折のダブル痛わが不注意をやさしくされて

没りつ陽の真ひかりを受くベッド上アブシンベルの神像のわれ

スーパームーン皓皓《しらしら》のぼる　やまとまほろばくまなく照らせ除菌せよ

疲れ果て赤銅《あか》くただれし十六夜月地球のコロナを照らしつづけて

昨年《こぞ》は市政功労彰も受賞せり今年は大病＋－《プラマイ》ゼロとす

「茶道講師退職届」を提出し八十歳を安堵と感謝

顔施言施《がんせごんせ》の外科医なりこれぞ「仁」三十五日目　生還賜ふ

をりふしにさらさら読みせし『植物祭』熟読しをり入院の時間《とき》を

天金の復刻本をいただきて白表紙荘厳　折り目はつけぬ

閉づるとき指を切りたり天金の『植物祭』のなんと鋭き

「パイオニアたれ」が学長送辞《そうじ》の六十年まじめに生ききて終活のそれ

生死《しやうじ》みな家族の中にありしもの独居を老いゆくパイオニア吾《あ》も

コロナ禍を娘《こ》と十メートルのディスタンス面会禁止の病棟ロビー

「エール」見る小山田《をやまだ》耕三先生の志村けんさやうならありがとあたたかし

テレワーク・オンライン授業も実現せり　大変革《リボリューション》なりコロナ百日

白南風《しろはえ》を暮らしのものさし変換《か》へてゆくたぶん元にはまう戻さない

戦時中「もんぺ」と言ひし作務衣なる機能的なり病衣、作業に

思ひいれの着物二棹も着ればこそ退院したらば鋏を入れる

退院後のプラン次ぎつぎ湧きあがるアフターコロナをわが蘇生紀と

ローカル線の旅に出でむまづ奥出雲をろちラインを鳥髪のやま

逃げぬ逃がさぬ

日常は常住ならず突然のコロナの猛り吾が長病みも

退院の我《わ》を迎へんと向日葵のしやんと咲きをり女婿《むこ》植ゑくれし

病棟の余白の時空を往還《いきき》してやつと短歌は逃げぬ逃がさぬ

「励む」から「楽しむ」に変へる座右の銘　生還したり傘寿の闘病

茗荷さへ草に負けたり四か月無住の庭は自在に荒れつ

退院を祝ふとふ友と奥吉野秘湯の旅はＧＯ・ＴＯに叶ふ

賑やかな盂蘭盆《ぼん》の家族の潮ひきてのたりのつたり虚無の波寄す

両掌合はせ祈る姿に吹く笙の鎮魂めの音《ね》天《そら》より降り来《く》

「三密」を避けし今年の「大文字」六火床《しやう》だけの大の字点す

小山《こやま》良さんに「新作能」をいただけり燃やしつづける意欲ももらふ

大津皇子、大伯皇女を哀惜の謡曲「笹百合」寂々《せきせき》しみる

赦すこと赦せぬことも法師蟬もはやおぼろに令和を歩む

上布のマスク

母の一世《ひとよ》幾たび着しやこの越後上布《じやうふ》　裾を解けばよこ糸細る

手作りの上布《あさ》のマスクを「ばあちやんのにほひがするよ着物の匂ひ」

石窯のピザ屋のシェフのコック帽けふから瑠璃色なつ来たりたり

ならまちの楽人長屋のくぐり門「紅葉狩」の鬼潜みをらむか

ニュース聞きて知らぬワードは辞書に無く検索ばかり「エシカル」もまた

検索の通販サイト「申込はインターネット《IT》」から鳴呼まう難民

卒寿すぎて夫君葬りし歌友《ひと》を訪ふ元気よそほふ健気を嬉しむ

箸を持つ指うつくしき夫なりき十三回忌の直会に顕つ

孫と飲む日の来《く》るを待ちゐき夫よ男の孫三人の献杯うける

愛蔵の結婚年《ヴィンテージ》ワインを献杯す金婚祝へず十三回忌に

今生の夫の最後に見しものは吾と吾が指十三回忌

一の十二ここは私のロカ岬夫との一世積みあげてある

無為の日のつるべ落しを玉すだれの白花浮かぶあしたはあした

鉢の土振るへば蚯蚓まろび出る痩せ土も母いのちを抱けり

自粛の正月

全員の集合やめし三が日ひと家族づつ来たりて忙《せは》し

ぽつかりと空きたる二日を喜光寺へ法要・法話・写経にひたる

福引きの長老の色紙「人生は小さな夢の積み重ね」当る

週一の八十歳《はちじふ》ＯＧのライン会をニュースタンダードにコロナ禍の日々

八朔《はつさく》柑を高枝バサミに採りたるのライン叱らる「上見れば足元《した》危ふ」

吾を叱るも娘の愛情と思へどもかくも「老いし」と思はれてゐる

ふいにセロリ食べたくなりぬ小正月の祝膳供へ家籠《やごも》り長し

新春能「三山《みつやま》」を観る　師の演ず後妻《うはなり》打ちさるる畝傍《うねび》山の桜子《ご》

あさりの酒蒸し

三年目の孫は本社へ転勤にこんなコロナの東京でなけりゃ

「東京へ転勤するよ」まつ先に孫《こ》は佛壇の祖父に報告

娘《こ》の家族とチーズのピンチョス・ピラフ・ピザ華やぐテーブル若者むきに

ポルトガルのワイナリーにて買ひきしを開栓したり孫《こ》のはなむけに

コロナは戦死かかくも無惨なことあるや納体袋、骨《こつ》にて帰宅

春告魚《いかなご》の釘煮今年も届けくるる淡路島《あはぢ》岩屋《いはや》の網元の孫

コロナ禍の収束すればまた行かむ春の淡路の潮風《かぜ》に吹かれに

義弟より「今井のうどん」の宅急便スティホーム陣中見舞と

浅春《はる》の宵あさりの酒蒸し吟醸酒夫も来ませよ惻そく寂し

ピンカールふとしてみたり歯でピンを開けば華やぐ自粛の春も

「国境なき医師団」に振り込みぬわたしは今から検査入院

生きようと検査を受くる半寿吾《わ》と生きるに難き難民の児と

検査技師の無表情こそ怖ろしき術後一年のエコー・ＭＲＩ

翌週の検査結果の受診日を想へば痛む背中もお腹《なか》も

残り世の生殺与奪を決めるのは自分でありたいお医者でなくて

夫と吾の夢果したり榊原温泉《さかきばら》の螢の宿へ季《とき》も叶ひぬ

行かうねと言ひつつ果せざりし夫のわが肩の辺に笑ふて観てる

憧れし螢あくがれふわァふわり青山《あをやま》高原の渓の真闇ふかし

草に憩ふ朝の螢を掌に囲ふ昨夜《よべ》のプロポーズうまくいつたの？

二〇二一年夏

天の天井また抜けて専門語の「線状《せんじやう》降水帯」は日常の語に

大阪のコロナ二千人超えたると医療棄民のひたひた迫る

処暑の朝白き秋来ぬいつせいに白水引《しろみづひき》草と玉すだれ咲く

パラマークは心の字のやう身体魂のすべてをぶつけた競泳の山田美幸《みゆき》

足は尾鰭　胴くねらせて魚《うを》のやう「水の中が一番自由」と

「日本縦断ツーリング」二十歳《はたち》の記念と孫《こ》はひとり旅

バイトして装備と準備を着ちゃくともはや止めても止まらぬと娘《こ》は

インスタに日々の旅日記《にき》たちまちにフォロアー三百余《さんびゃく》　見守りくるる

楽しみは地図を広げて紙上旅インスタのルートを朝夕に追ふ

関東は今日晴れるかなツーリングの二十歳の孫は横浜あたり

パラリンも孫《こ》のツーリングも夏も果てさて何しようかまづパンつくる

日々の食「最後の晩餐《ザ・ラストサパー》」と思ほえば手抜きはしない八十路ひとり居

落したるガラス花瓶の乱反射夏陽がわれの〝迂闊《うかつ》〟に刺さる

とやあらんかくやあらんと生きさしも今はなつかし八十路好日

あとがき

昨秋に明治神宮献詠祭の入選の報をいただいて忽然と歌集を作っておこうと思い立ちました。思えば『日本歌人誌』に紹介のある各地の歌会や靖国神社、明治神宮、大神《おおみわ》神社、NHK全国短歌大会などに応募してわりあい多く入選させていただきました。

わけても平成三十一年の宮中歌会始の預選歌に選んでいただけたのは、望外の喜びと光栄の極みでありました。

第一歌集から早くも十四年経ちました。今回は『桃夭』の後の平成十九年から令和三年夏までを編年にまとめました。夫の闘病と葬《みおく》り、それからの自分の後半生の日常と心もようを四五六首に自選しました。長女の結婚式での感動から始めた短歌と、続けてきた茶道を仕事を持ちながらもまじめに取りくんできました。それが退職後の日々に確かな成果となって実ってくれました。

薬師寺の『機関誌』の「白鳳歌壇」の選者を仰せつかったのもまた光栄なことです。地域でのボランティアも、誘われて五十年ぶりに再開した謡曲も後半生を豊かに彩ってくれています。

決心の変らぬうちにと真っ先に表題を薬師寺の松久保秀胤長老さまにお願い致しましたら、快くひきうけて下さり歌会始の私の短歌の

大の字の交点にまづ点火され光の奔る五山送り火

の中から『光奔』と色紙に書いて下さいました。有難いことです。まさしくこの歌集に大きな光をいただきました。

『日本歌人』社の前川佐重郎主宰には色紙を、前川斎子先生には過分の序文をいただきまして更に、華を与えて下さいました。ありがとうございました。

長年を御指導下さいました諸先生方、並びに助言・友情をいただいております歌友の皆様に心から深い感謝を申し上げます。

最後になりましたが編集出版に際し細やかにご配慮下さいました、砂子屋書房の田村雅之様はじめ編集部の皆様に厚くお礼申し上げます。

令和四年一月

荒木紀子

著者略歴

荒木紀子（あらき　ふみこ）

昭和一五年（一九四〇）　大阪市に生まれる
昭和三三年（一九五八）　奈良県立　郡山高等学校卒業
昭和三七年（一九六二）　大阪市立大学　家政学部社会福祉学科卒業
　大阪府職員
昭和三九年（一九六四）～　奈良県立高校教職員
平成七年（一九九五）　奈良県立郡山高校を退職
　ひきつづき同校で非常勤講師　茶道講師

〈歌歴〉

平成四年一〇月　「日本歌人」奈良歌会に入会
平成七年四月　「日本歌人」に入会
平成一二年八月　「日本歌人新人賞」受賞
平成三〇年六月　「日本歌人賞」受賞
平成一九年九月　『桃夭』上梓

歌集　光奔

二〇二二年四月二一日初版発行

著　者　荒木紀子
奈良県大和郡山市藤原町一－一二（〒六三九－一〇一七）

発行者　田村雅之

発行所　砂子屋書房
東京都千代田区内神田三－四－七（〒一〇一－〇〇四七）
電話　〇三－三二五六－四七〇八　振替　〇〇一三〇－二－九七六三一
URL　http://www.sunagoya.com

組　版　はあどわあく

印　刷　長野印刷商工株式会社

製　本　渋谷文泉閣